U0536503

◎《中华诗词》类编

爱情诗词三百首

《中华诗词》杂志社 编

中国书籍出版社
China Book Press

图书在版编目（CIP）数据

爱情诗词三百首/《中华诗词》杂志社编. -- 北京：中国书籍出版社, 2022.10
（《中华诗词》类编；4）
ISBN 978-7-5068-9206-3

Ⅰ.①爱… Ⅱ.①中… Ⅲ.①诗词—作品集—中国—当代 Ⅳ.①I227

中国版本图书馆CIP数据核字（2022）第175391号

爱情诗词三百首
《中华诗词》杂志社　编

策划编辑	师　之
责任编辑	宋　然
责任印制	孙马飞　马　芝
封面设计	张亚东
出版发行	中国书籍出版社
地　　址	北京市丰台区三路居路97号（邮编：100073）
电　　话	（010）52257143（总编室）　（010）52257140（发行部）
电子邮箱	eo@chinabp.com.cn
经　　销	全国新华书店
印　　刷	廊坊市金虹宇印务有限公司
开　　本	787毫米×1092毫米　1/16
字　　数	116千字
印　　张	10.5
版　　次	2022年10月第1版　2022年10月第1次印刷
书　　号	ISBN 978-7-5068-9206-3
定　　价	432.00元（全9册）

版权所有　翻印必究

目 录

王斯琴｜答一笙　1

胡　侠｜贺台胞与六十老妻重逢二首之二　1

张中行｜春梦　2

何林天｜忆湘上友人　2

蔡淑萍｜木兰花　3

李蕴珠｜金缕曲　3

周梦庄｜鹧鸪天　4

尽　心｜无题　4

黄小甜｜蝶恋花　5

赵连珠｜无题　5

陈　旭｜浪淘沙·旧地重游　6

陈祖堃｜断桥　6

杨逸明｜秋日思友　7

黄晓南｜无题　7

王亚平｜临江仙　8

张文廉｜赠友之三　8

徐晋如｜感旧之四　9

寇彦龙｜红豆吟之二　9

董　澍 | 静夜　10

韩云峰 | 感怀之二　10

秋　枫 | 偕致国省亲之二　11

梁玉芳 | 苦恋　11

朱复戡 | 无题　12

胡又来 | 金婚曲　12

曲　男 | 中秋寄妹　13

丁小玲 | 过插队故地句容拾零　13

刘　征 | 红豆曲　14

甄秀荣 | 送别　15

王翼奇 | 庚午元夜　16

肖　阳 | 红豆吟　16

谢修廉 | 临江仙·题老年婚纱照　17

刘庆霖 | 红豆吟　17

林　峰 | 江城子　18

高旭红 | 浣溪沙　18

蔡正辉 | 偶遇旧友　19

张　超 | 读《围城》　19

曹长河 | 无题之四　20

张密珍 | 临江仙·昨夜红楼　20

张岳琦 | 故园　21

郑远彬 | 无题　21

王恒茂 | 七夕　22

范启刚 | 望月抒怀　22

王充闾 | 题丹东杜鹃花节　23

柏扶疏 | 长相思·神堂沟游记　23

文　森 | 疏影·海棠花　24

刘梦芙 | 踏莎美人·和友人　24

王巨农 | 无题　25

周峙峰 | 寄远　25

魏新河 | 鹧鸪天　26

熊盛元 | 楚云深　26

钟振振 | 沈园　27

林世琨 | 忆妻　27

周熙贵 | 南歌子·七夕　28

王　旭 | 清平乐·甲申秋由京返蒙思及诸诗友　28

罗富贵 | 寄友　29

范耀英 | 怀人　29

甘健安 | 无题　30

朱荣梅 | 望月　30

刘冀川 | 偶成　31

陈伟强 | 相思　31

樊泽民 | 心结　32

王少峰 | 无题　32

沈利斌 | 【正宫·醉太平】七夕　33

王一玲 | 寄夫　33

马文斐 | 早春怀人　34

吴　菲 | 清平乐·失恋之后　34

苏些雩 | 浣溪沙·落花　35

丁　梦 | 逢君　35

王海娜 | 晚炊　36

李清安 | 临江仙·站台　36

吴　倩 | 别　37

卢小红 | 无题　37

张　伟 | 喝火令·夜思　38

伦　丹 | 浣溪沙　38

包德珍 | 秋日寄怀　39

程俊蓉 | 采桑子　39

康丕耀 | 无题　40

江南雨 | 思佳客　40

马锦活 | 怀旧　41

何　鹤 | 鹧鸪天　41

刘敬娟 | 梦故人　42

温　瑞 | 记得之二　42

董本鹏 | 寄人　43

杜铁胜 | 春夜思　43

冯倾城 | 相思　44

田成名 | 问杏　44

宋彩霞 | 何满子·七夕　45

杨金亭 | 为七夕红豆相思节诗词大赛题句　45

高　昌 | 最高楼·村南旧事　46

张梅琴 | 点绛唇·青丝　46

段晓华 | 南柯子·红豆　47

林燕兰 | 临江仙　47

赵　缺 | 鹧鸪天·手机　48

熊东遂 | 相约异地同时赏月时在旅途　48

周燕婷 | 秋夜赏月和东遂旅途新作　49

刘　章 | 孤山口占赠老妻　49

曹　辉 | 减字木兰花·无题　50

韩倚云 | 踏莎行·自题月夜谈词图　50

徐凌霄 | 鹧鸪天　51

于艳萍 | 汉宫春　51

殊　同 | 西站送客　52

武立之 | 卜算子·恼相思　52

吕文芳 | 定风波·分手　53

颜廷剑 | 浣溪沙　53

王景珍 | 浣溪沙·秋海棠　54

郑伯农 | 破阵子·银婚赠妻　54

雍文华 | 寄内　55

李一信 | 长相思·寄远　55

张明新 | 对镜　56

李静凤 | 菩萨蛮·七夕　56

唐　琳 | 鹊桥仙·相思　57

武建东 | 赠爱妻海霞　57

月　白 | 清平乐·眼神　58

李保仓 | 蝶恋花·思妻　58

白秀萍 | 婚姻　59

邢　晖 | 菩萨蛮·女儿心　59

孙冬玲 | 情祭　60

贾玉格 | 冬夜　60

彭珊枝 | 鹧鸪天·无题　61

张　永 | 月夜有思　61

孔繁宇 | 记否　62

佟云霞 | 读王维《相思》诗　62

黄　磊 | 再步中清游园　63

刘如姬 | 七夕　63

崔　鲲 | 题七夕　64

夏爱菊 | 七夕节寄夫君　64

霍松林 | 悼念老妻　65

许　复 | 浣溪沙　65

徐俊丽 | 无题　66

李芊芊 | 浣溪沙　66

李培玉 | 西江月　67

莫小凤 | 别梦　67

韦双一 | 春夜苦雨　68

胡　彭 | 清明怀人　68

王守仁 | 闻京城桃花已开　69

楚凌岚 | 菩萨蛮　69

卢兰凤 | 寒兰　70

王善峰 | 浣溪沙·忆　70

王啸林 | 望星空　71

元绍伟 | 秋夜遣怀　71

王书田 | 忆香君　72

杨立惠 | 临江仙·秋夜寄远　72

巫志文 | 浣溪沙　73

韦树定 | 浪淘沙　73

李葆国 | 无题有恨　74

张智深 | 赠妻　74

张海燕 | 花间意　75

王艳玲 | 一剪梅·梦在江南　75

沈旭纳 | 减兰·读《别赋》拟作别　76

肖世文 | 清平乐　76

令狐安 | 南望　77

李增山 | 相思豆　77

沈鹏云 | 初恋　78

王　宁 | 临江仙　78

孙　文 | 别　79

刘文革 | 鹧鸪天　79

张金英 | 喝火令·夜雨寄怀　80

王改正 | 秋思　80

陈廷佑 | 金镂曲·贺妻六十华诞　81

雷发扬 | 送别　81

李文艳 | 鹧鸪天　82

刘春红 | 卜算子·桃花　82

王加华 | 蝶恋花·秋思　83

潘太玲 | 清平乐　83

赵宝海 | 鹧鸪天·距离　84

杜丽霞 | 七绝　84

晏水珍 | 别后有题　85

杨玉书 | 邂逅　85

张　帆 | 寄人　86

何蛟娣 | 暮春　86

郑清辉 | 清平乐　87

黄　旭 | 夜思新马泰　87

冯　晓 | 无题　88

成旭辉 | 菩萨蛮·七夕　88

王献力 | 知青回首　89

安全东 | 红豆馆吟　89

王建强 | 菩萨蛮　90

李明科 | 菩萨蛮·梅花雪　90

司美霞 | 菩萨蛮·思君门半开　91

乐文英 | 思佳客·寄友人　91

凌大鑫 | 我是天空那片云　92

崔杏花 | 浣溪沙　92

杨玉田 | 红豆　93

张之楷 | 偕老伴月夜赏江景　93

江合友 | 蝶恋花·苦恋　94

郑雪峰 | 洞仙歌　94

王希光 | 新娘送新郎出国打工　95

奚晓琳 | 七夕晨起与外子言　95

张克鸿 | 重访故乡白杨树　96

侯庆芬 | 晨起有感　96

尹宝田 | 中秋　97

何少秋 | 遥寄　97

陈淑艳 | 鹧鸪天·红豆　98

| 王震宇 | 忆三月三日饮　98
| 赵小天 | 青岛栈桥作　99
| 马　翚 | 一剪梅·春柳　99
| 徐中秋 | 洋节偶感　100
| 杜艳丽 | 瑞鹧鸪　100
| 冯恩利 | 七夕感怀　101
| 邵红霞 | 临江仙·暗恋　101
| 胡成彪 | 画堂春·初夏寄情　102
| 李向泽 | 鹧鸪天·七夕有寄　102
| 王海鸣 | 相信你　103
| 范诗银 | 乡约　103
| 马　凯 | 贺夫人七十岁华诞　104
| 史　虹 | 如梦令　104
| 张会强 | 浣溪沙·忆　105
| 李小英 | 临江仙·有寄　105
| 曹　艳 | 无题　106
| 刘　丽 | 鹧鸪天·江畔秋忆　106
| 梁艳华 | 寄友　107
| 邱立新 | 寄怀　107
| 姜俊莹 | 扬州慢·缘　108
| 王海燕 | 浪淘沙·旧事　108
| 成绛卿 | 相思　109
| 张　彦 | 采桑子　109
| 万丽丽 | 逢春　110
| 孙淑媛 | 思君　110

王小娟 | 生查子　111

任改云 | 苏幕遮　111

禚丽华 | 隔屏　112

骆锦恋 | 浪淘沙·暮春送君行　112

贾银梅 | 红豆　113

王祥洲 | 虞美人·寄怀　113

赵春岐 | 浣溪沙·初约　114

牟雅娟 | 望海潮·鸥盟　114

葛　勇 | 与傻姑游水天池　115

曾小云 | 题栖霞枫林图　115

蒋　萍 | 回首　116

卢冷夫 | 鹧鸪天·情人节　116

尹正仁 | 青涩记忆　117

江　岚 | 丁酉夏日过灵璧谒虞姬墓　117

边郁忠 | 一剪梅·无题　118

张思桥 | 从别后　118

于艳秋 | 樱花岛赏樱　119

王　蔚 | 游沈园感怀　119

齐桂林 | 盼春　120

何　花 | 随笔　120

吴　楠 | 暮春怀远　121

章雪芳 | 夜　121

吴　硕 | 栖居双江宾馆　122

张艳娥 | 虞美人·春晚　122

何玉莲 | 画堂春　123

王　彬｜清平乐　123

张秋先｜暗恋　124

韦化彪｜同学合影　124

许清忠｜无题　125

吴元法｜诉衷情令·妻生日　125

唐志民｜梦　126

张永侠｜南山有约　126

梁　静｜踏莎行·石洲桥　127

谢生林｜扬州城外望月　127

黄　湾｜浣溪沙·欲借清泉泻玉音　128

高宏宇｜采桑子·窗外　128

蒋　娓｜宿八台山寄夫　129

贾来发｜重经桃溪山临别有寄　129

张力夫｜浣溪沙·小寒　130

王家麟｜辞乡　130

何　革｜扬州慢·织女恨　131

赵宝军｜七夕　131

吕淑萍｜七夕夜　132

王春艳｜浣溪沙·红豆　132

贾丽杰｜对秋　133

林　峰（中国香港）｜在水一方　133

王恒鼎｜灯前　134

曾少立｜生查子　134

刘鲁宁｜听琴　135

马星慧｜鹧鸪天·和老公一起赏春　135

林春家 | 心花　136

星　汉 | 塔什萨依沙漠书楣卿姓名　136

胡迎建 | 鹧鸪天　137

张晓虹 | 临江仙　137

丁顶天 | 庚子春临屏寄友　138

陈修文 | 虞美人·一枚红豆　138

张丽华 | 踏莎行·送别　139

李海燕 | 七夕收到友人寄来的礼物　139

汪　霞 | 蝶恋花　140

何春英 | 鹊桥仙·七夕　140

张天凤 | 夜题　141

沈保玲 | 贺新郎·长相依　141

秦　凤 | 鹧鸪天·中秋有雨　142

李俊颖 | 鹧鸪天·相诉　142

黄　君 | 鹊桥仙·七夕　143

孙小磊 | 忆秦娥·浮生记取何堪别　143

白恩波 | 雪中情人节所见　144

蔺旺忠 | 赠君　144

刘炜评 | 鹧鸪天·夜怀　145

叶鹏飞 | 水调歌头·寄慰徐利明先生怀人　145

陈振家 | 无题　146

沈华维 | 与老妻游兴隆情人谷　146

张景芳 | 观妻少年照　147

陈力嵩 | 送别　147

张存寿 | 【正宫·塞鸿秋】当年军旅生活之探亲　148

李建春 | 点绛唇·七夕　148

刘宝安 | 金缕曲　149

郭友琴 | 故园柳　149

张伟超 | 甘州　150

武立胜 | 别友　150

潘　泓 | 老伴生日　151

王斯琴

答一笙

锦瑟空怜堕泪词，任他人说忏情诗。
呕干心血都无悔，万劫难销一点痴。

1994年第1期

胡　侠

贺台胞与六十老妻重逢二首之二

四十年间信未通，八千里路恨成空。
今朝执手凝眸望，犹恐相逢在梦中。

1995年第1期

张中行

春 梦

雾锁重门觌面迟,残宵银烛影迷离。
珠帏挽袖舒纤手,翠笔题襟记好辞。
洛水传情终恍惚,湖州践约又参差。
流云璧月无凭据,点检风怀寄藕丝。

1995年第3期

何林天

忆湘上友人

麓山秋冷夜如何,应是花残血叶多。
记取浏阳河畔语,相逢白发是青娥。

1996年第3期

蔡淑萍

木兰花

几枝菊白如霜雪，几朵玫瑰红似血。安排案上共芳菲，品自清高情自烈。　　思君千里云山叠，此景此情谁与说。幽香一缕倩秋风，吹向君边须采撷。

1996年第4期

李蕴珠

金缕曲

情字难图画。问何来、有谁量过，相思尺码。底事依依携手处，偏是凉风轻洒。又满目、黄花遍野。泪眼问君君不语，这别离、孤梦常牵挂。行渐远，泪盈把。　　人间挚爱原无价，更何堪、两心相叠，难分难舍。漫漫蓝桥魂断路，惆怅佳期遥也。便纵有青禽传话。但恐韶光随逝水，倩柳丝难把朝晖嫁。愁万缕，自能罢。

1997年第1期

周梦庄

鹧鸪天

已近黄昏梦不还，落花飞絮泪空弹。月明衾冷相思错，欲结同心两字难。　流水逝，晚香残，尚留燕子报平安。情深一往终无益，奈此西风玉帐寒。

1997年第5期

尽　心

无　题

写尽辛酸泪未干，向谁梦里问姻缘。
多情只有京华月，相伴东风又一年。

1997年第6期

黄小甜

蝶恋花

暮色苍茫山欲踵，淡月如钩，柳影随风动。夜泛兰舟谁与共，浮沉得失轻如梦。　　鱼肚东方云脚重，陌上桃花，却道东风冻。粉面露珠如泪涌，问卿何故将愁种。

1998年第1期

赵连珠

无　题

西风永夜断肠时，旧事都成折藕丝。
晓月灯枯青鬓改，昏窗秋老暮云迟。
劳劳杜宇空啼血，寞寞哀鸿未择枝。
徒有雪泥留爪迹，悲欢啼笑两心知。

1998年第2期

陈　旭

浪淘沙·旧地重游

总是自情痴，幽梦谁知。断肠人写断肠词。断壁不堪题墨迹，立尽更时。　　云隐月升迟，影弄花枝。徘徊风露冷单衣。地远天遥人底处，难寄相思。

1998年第2期

陈祖堃

断　桥

孽海情天恨已消，蛇仙故事记迢遥。
洒花伞下青春步，爱侣依依过断桥。

1998年第4期

杨逸明

秋日思友

伊人东去几时还，聚亦无缘别亦难。
雨溅黄花添晓泪，梦随红叶乱秋山。
心中倩影云霞碧，月下吟魂鬓发斑。
芳草同行嫌径短，今来顿觉路漫漫。

1998年第6期

黄晓南

无 题

少年倔强老犹痴，世路茫茫心路迷。
金屋厌闻歌玉树，银屏忍见弄妖姿。
青蚨不入青衿梦，红叶难题红豆诗。
客卧桂山明月夜，子规啼血唤深思。

1999年第2期

王亚平

临江仙

帘外霜风凄紧,一弯冷月相侵。年来心事总难禁,爱深翻作恨,情重最伤心。　　怕对花开花落,当时幽梦难寻。近黄昏处莫登临。灵台涛似雪,更比海波深。

1999年第5期

张文廉

赠友之三

春来又发绿杨枝,种得相思恨已迟。
可有丹方医俗骨?藕心难断是情丝。

2000年第1期

徐晋如

感旧之四

流盼秋波若为情，可怜后约不分明。
候人徒惹杨花迹，赏鞠平知夜气清。
未必衣香从此杳，倘然木石有先盟。
又将思慕愁今夕，卧听春蚕作茧声。

2000年第1期

寇彦龙

红豆吟之二

锦瑟华年情最真，幽怀只许梦中人。
前生定是相思子，直被闲愁误到今。

2000年第1期

董　澍

静　夜

梦里佳期终觉短，欹看小照忆温存。

相思恰似清明雨，一路无声出蓟门。

2000年第2期

韩云峰

感怀之二

每忆江南蝶意痴，月华为我照凝脂。

盛年一段风流事，留与衰翁寂寞时。

2000年第5期

秋　枫

偕致国省亲之二

瓜果飘香缀满沟，归人情醉故园秋。

四围山色连云秀，一带溪泉绕岭幽。

每喜志和行共契，尤钦学与品同优。

桑榆未晚身犹健，携手重登百尺楼。

2001年第2期

梁玉芳

苦　恋

如梦人生对夕阳，桃花依旧笑崔郎。

多情反被无情恼，世路怎如心路长。

半壁江山非我愿，十分明月是他乡。

何当聚首星旗下，却话涛声到客床。

2001年第4期

朱复戡

无　题

锦瑟年华水自流，不堪弦柱思悠悠。
伤心举首如弓月，寸寸魂销十二楼。

2001年第5期

胡又来

金婚曲

以沫相濡五十年，超龄仍作吐丝蚕。
灯前同唱金婚曲，老尚天真梦也甜。

2001年第6期

曲　男

中秋寄妹

一叶孤舟江上行，飘零漫说是人生。
时风时雨归程远，怕见当头冷月明。

2001年第6期

丁小玲

过插队故地句容拾零

云山雾水认模糊，只道冰心在玉壶。
纵有良田三万顷，能栽红豆一株无。

2002年第2期

刘 征

红豆曲

南国红豆生处处，最数无锡红豆树。道是萧郎手自栽，红泪千年咽风雨。萧郎帝子人中龙，金蝉翠缕当华风。济贫苏困不自足，文选楼头夜烛红。恰是清明新雨后，信马青郊问花柳，暂辞倦眼万飞鸦，难得清心一壶酒。当垆女儿傍前溪，杏红衫子绿杨枝，相逢却似曾相识，未曾相识已相思。素手捧杯奉公子，明眸含笑凝春水，不须丝竹伴清歌，天下流莺欲羞死。碧桃花下誓终生，阿侬小语许花听：因爱红豆名红豆，不慕繁华只重情。归来杜门耽笔砚，寝馈沉酣书万卷。碧玉未及破瓜时，待嫁三年应未晚。文选终成第一书，牙签锦轴聚琼琚。凤笙龙管迎红豆，春风十里紫云车。白头阿母吞声泣：讵料一病终不起。欲寻红豆向何方，前溪一片埋愁地。朝占鹊噪暮灯昏，枫叶桃花秋复春，伶仃寸草寒家女，卑微无路叩金门。嘘气如丝泪成血，枕上声声犹唤君，叮嘱一物遗公子，锦帕包裹是儿心。帕上鸳鸯女亲绣，鸳鸯帕裹双红豆，如闻红豆唤萧郎，红豆与郎永相守。悔因功业负佳人，恨我来迟卿已走。从今见豆如见卿，豆似明珠捧在手。一双红豆种楼前，春怜风雨夜怜寒。泪挽柔枝唯脉脉，月移树影望珊珊。香丝未尽春蚕死，红豆树长年复年。双树合抱成一树，双枝交叶绿含烟。黄鸟来歌白蝶舞，芝兰相伴幽篁护。彤管轻吹玫瑰风，情天漫洒金盘露。梦里繁星坠地来，枝头红豆结无数。祝福天下有情人，欲启朱唇作低语。岁寒来访雪压枝，回廊图展令心怡。豆似丹霞花似雪，前修诗笔罗珠玑。树前闲话得小憩，秀眉老父道传奇，和泪翻成红豆曲，聊补摩诘相思诗。相争扰扰多仇怨，采撷休忘摩诘劝，安得播爱遍人间，婆娑红豆植伊甸。

2002年第5期

甄秀荣

送　别

南国春风路几千，骊歌声里柳含烟。
夕阳一点如红豆，已把相思写满天。

2002年第5期

王翼奇

庚午元夜

宜兰酒令唱唐诗，唱出王维绝妙词。

舟在江南花发处，人来海上月圆时。

绿波东寄情千叠，红豆春生子万枝。

一曲心期传两岸，安排从此了相思。

2002年第5期

肖　阳

红豆吟

忌日寻芳冢，凄凄到岳州。

悲风回暗壑，泪雨湿高丘。

有约亲红豆，无缘共白头。

来生牵汝手，仍战洞庭秋。

2002年第5期

谢修廉

临江仙·题老年婚纱照

凝视婚纱思往昔，戎装风雨兼程。花前月下梦难成。青春如电闪，华发似云生。　　恩爱未随身共老，重温海誓山盟。婚纱轻拂两心倾。绵绵红豆意，脉脉白头情。

2002年第5期

刘庆霖

红豆吟

相思红豆古今同，聊把一枚存梦中。
我自有情如此物，寸心到死为君红。

2002年第5期

林　峰

江城子

　　窗开细雨一帘红，寂寥中，又西风。万点清思暗洒小园东。回首秋光犹未老，留恋处，忆相逢。　　阑干倚遍等归鸿，露初浓，紫烟笼。似海深情我自与君同。是否明宵花更好，云淡淡，月溶溶。

2002年第6期

高旭红

浣溪沙

绾个同心做个愁，风酸雨恶忍抛丢？蒹葭春水绕汀洲。一缕情丝何处系？两行清泪背人流，翻怜絮影怕登楼。

2003年第1期

蔡正辉

偶遇旧友

曾是鸳鸯比翼飞，而今陌路竟相违。
含情惟有春堤柳，犹自依依对落晖。

2003年第1期

张　超

读《围城》

弱水三千最忆初，冥冥牵绊竟分途。
两端事发从严审，一篑功亏彻底输。
梦里觉来犹恍惚，心头痛过却模糊。
百年倘得伊人伴，还羡围城外面无。

2003年第1期

曹长河

无题之四

错工绮梦又工诗，都为当年领略迟。
心病难求仙药愈，忏怀只许那人知。
晓风残月谁先醒，永夜孤灯我独思。
剩有闲愁挥不去，偶然无语立多时。

张密珍

临江仙·昨夜红楼

昨夜红楼风又雨，梦中莺燕分飞。一分憔悴眼边垂。何人知此意，解我断肠思。　　今日殷勤频致语，只缘春去无期。花残月缺恨当时。非关情太薄，犹恐动情痴。

张岳琦

故　园

来时百感去难忘,奔泊四方情未央。

每悔书生多自误,更惊命运铸沧桑。

数年不见佳人老,一院犹飘丹桂香。

远听涛声沉似叹,月光又上旧回廊。

2004年第3期

郑远彬

无　题

书剑飘零识玉姿,吹箫乞食愧情痴。

诗抛红豆倩谁恨,梦坠青云只自知。

拼酒虚惊射雕手,抚琴犹忆断肠时。

相逢白发应相惜,桃李秋风老尽枝。

2004年第3期

王恒茂

七　夕

今夜雨淅沥，意为双星泣。见难别更难，喜极悲亦极。君去翼桥杳，影孤清梦寂。寄书云难载，传恨梭空掷。两情长抑郁，何若聚朝夕。世间离别苦，天上可曾悉？

范启刚

望月抒怀

似水流年逝，悠悠几度春。

异乡为异客，孤影伴孤身。

遥望天边月，犹思梦里人。

谁知离别苦，日日泪沾巾。

王充闾

题丹东杜鹃花节

北地春心托杜鹃,任教桃李着先鞭。
十年始与花期会,珍重江城一日缘。

2004年第4期

柏扶疏

长相思·神堂沟游记

风依依,雨依依,风雨依依到日西。日西还未离。
怕归迟,却归迟,都为身边风雨迷。此情惟我知。

2004年第5期

文 森

疏影·海棠花

红绡绛雪,似贵妃醉酒,淡雅殊绝。梦入黄州,心剪西窗,犹恐细雨吹折。夜深化作胭脂泪,怕点点、啼痕盈靥。念昨宵、烧烛人来,湿透采香双屐! 还忆邻家院落,满庭花欲坠,霞蔚云迭。艳压河阳,题破东风,偏向杜陵开彻。而今一缕芳魂展,更韵夺、天涯明月。且凝情、身赴蓝桥,阅尽此番春色!

2004年第6期

刘梦芙

踏莎美人·和友人

剪梦西风,销魂夜雨,莲心未抵君心苦。缄来红泪湿新词,楼畔垂杨憔悴一丝丝。 两地伤怀,一般愁绪,秋心共抱君知否?吟成无处诉相思,正是蒹葭露白月明时。

2004年第6期

王巨农

无　题

柳色年年绿涨深，东君一去邈难寻。
红颜早付潺潺雨，白首犹存耿耿心。
老去镜圆今夕梦，归来人剩旧时音。
行舟欲系千斤石，又怕寒生隔岸衾。

2004年第11期

周峙峰

寄　远

南雁空啼五十秋，遥天长写几行愁。
流年逝水无情篦，梳尽青丝剩白头。

2004年第11期

魏新河

鹧鸪天

为有春衫别泪侵,十年珍爱到如今。三生自守千金诺,九死难灰一寸心。　　沧海阔,彩云深。人间追忆胜瑶琛。愿将身化双红豆,早晚殷勤系子衿。

2004年第11期

熊盛元

楚云深

忆君双泪流,滴向花间蕊。花若有情时,一夜应枯萎。花枯能再开,泪尽情难死。回首绿波横,袅袅西风起。

2004年第11期

钟振振

沈　园

人间无物似情浓，故国思深初恋同。

未必风雷碍云雨，何妨儿女是英雄。

春波不改千秋绿，梅信犹争一萼红。

天为九州留挚爱，典型只在此园中。

2004年第11期

林世琨

忆　妻

路隔黄泉知几程？何堪寒夜对孤灯。

遗容虽在终无奈，好梦方来又不成。

一捧荒茔唯我睹，满腔离愫向谁倾。

此身愿化杜鹃鸟，暮暮朝朝绕冢鸣。

2005年第1期

周熙贵

南歌子·七夕

两地相思苦，低吟小巷幽。电传万里诉离愁。一缕温馨总是在心头。　　浩浩银河水，滔滔似泪流。牛郎织女复何求？只盼疏烟淡月共清秋。

2005年第2期

王　旭

清平乐·甲申秋由京返蒙思及诸诗友

庭园枝瘦，叶落风盈袖。对酒吟诗诗未就，又惹相思随后。　　几多故友新交，江南塞北遥遥。欲写清秋余韵，回眸忍顾香消。

2005年第4期

罗富贵

寄 友

秋鸿天际没，野树月轮孤。
千里劳长想，相思满太湖。

2005年第5期

范耀英

怀 人

每自深宵恨月圆，多情照影不成眠。
秋风起处枝摇曳，还遣微凉到枕边。

2005年第7期

甘健安

无 题

恨未山盟折柳前,何堪轻别复相怜。
绿琴弦断一千里,鸳梦风吹二十年。
月有清姿扶弱女,天成鸟道隔婵娟。
从今应怕三更雨,如泣春残啼杜鹃。

2005年第7期

朱荣梅

望 月

怎堪细细数流年,一曲清歌到夜阑。
试问多情天上月,今宵又是为谁圆?

2005年第8期

刘冀川

偶　成

春色无边惟梦知，吟轩栊翠日迟迟。
锦笺欲拟情何寄，一半浮生嫁与诗。

2006年第3期

陈伟强

相　思

去年同种木芙蓉，今日花开人不同。
若问相思何所似，浅红堆里隐深红。

2006年第12期

樊泽民

心　结

每愁别后日如年，尤恨春来风雪天。
拙笔怎描情缱绻？快刀难剪梦缠绵。
相思欲借神舟渡，意愿盼同明月圆。
共拣几多欢怨事，绾成心结万千千。

2007年第1期

王少峰

无　题

掩泪低吟北斗高，几回风露立中宵。
天涯明月伊人远，海内灵犀旧梦遥。
冉冉碧云归未乘，悠悠红豆始空抛。
经年醉酒相逢处，独卧花间抚玉箫。

2007年第2期

沈利斌

【正宫·醉太平】七夕

清光流满把，一望即天涯。看红尘今夜罩了层纱。是真还是假？怯生生灯前说起了私情话，酸溜溜窗边酸倒了葡萄架，笑盈盈手中吹绽了可人花。相思天上洒。

2007年第2期

王一玲

寄　夫

幽思满怀桃李春，步来花下鸟依人。
梦回秋水身千里，痴望云天月一轮。
镜里芳颜随日瘦，浦边淡影倚楼频。
忽传远笛洪河起，曙透湘帘照翠筠。

2007年第3期

马文斐

早春怀人

凭窗独坐绪无端,花信迟迟觉嫩寒。
春酒半酣宵梦碎,晨曦初露晓星残。
飘零远棹知谁伴,寂寞孤琴只自弹。
缕缕相思系庄蝶,飞回长绕旧栏杆。

2007年第4期

吴　菲

清平乐·失恋之后

晓风吹送,回首些些痛。燕婉深盟终底用?不过槐安幽梦。　　城郊紫陌荒寒,因缘世界三千。扫取颓枝怨叶,烧成一个春天。

2007年第6期

苏些雩

浣溪沙·落花

碧草茸茸带露痕，落红香趁素罗裙。更无蜂蝶逐芳尘。
未识春风先识雨，不留明月却留云。看花谁是断肠人？

2007年第7期

丁　梦

逢　君

融融春日又逢君，杨柳青青满目新。
可叹沧桑双鬓染，来年何处话知音？

2007年第9期

王海娜

晚 炊

下得厨房开小窗,洗青摘绿一时忙。
知夫今日归来早,灶上黄昏先煮香。

2007年第10期

李清安

临江仙·站台

烟雨迷离笼小站,春花不忍飘零。送君东去我西行。依依频转首,软语细叮咛。　剪剪双眸秋水涨,此台别样温情。声声汽笛促归程。相逢无一句,窗外听三更。

2007年第12期

吴　倩

别

春燕翩然啄暖泥，悠怡芳草绿萋萋。
房前屋后桃花艳，遮断离人望眼迷。

2008年第6期

卢小红

无题

飘飘木叶绕窗稠，满目飞花落未休。
一夜春随流水去，无边遐想上心头。

2008年第6期

张 伟

喝火令·夜思

久坐春宵冷,空庭雾气沉。落花无语自纷纷。山外那轮残月,来照未眠人。 想见幽窗下,红颜有泪痕。梦中何苦问前因。错在相逢,错在表真心。错在不能执手,依旧用情深。

2008年第10期

伦 丹

浣溪沙

寥落平生事事愁,千帆过尽漫回眸。彩笺欲寄更无由。风静酒阑人不寐,花遮柳隐月如钩。彷徨诉尽已深秋。

2009年第1期

包德珍

秋日寄怀

红枫有助夕阳奇，醉染苍茫上鬓丝。
老调精裁心逸处，新帆高挂梦瘳时。
已删四十年前怨，来续八千云外思。
寄语雁天收不住，声声未减一生痴。

2009年第7期

程俊蓉

采桑子

花开花落春无力，逝者难留。逝者难留，老却痴心，倚梦一回眸。　　琵琶弦索相思意，芦荻孤舟。芦荻孤舟，绿蚁红炉，对影酌清愁。

2010年第1期

康丕耀

无 题

五月枝头处处花，春风却未到寒家。
轩前红雨飞长恨，壁角白梅落冷霞。
春燕无声失岭北，秋波咫尺各天涯。
谁知此日犹追忆，暮雪萧萧一径斜。

2010年第4期

江南雨

思佳客

寂夜无眠怅怅思，窗前默诵小山词。滴檐不尽廉纤雨，系梦难凭断续丝。　来悄悄，去迟迟。心魂消得几多时。回文织就无须寄，都是今生未了痴。

2010年第4期

马锦活

怀 旧

春回冰雪尽消融,一抹斜阳分外红。
千里金山云路远,伊人何日得重逢。

2011年第1期

何 鹤

鹧鸪天

离恨封尘第几层,当年往事已无凭。春风渐远怜花草,月色泛黄迷眼睛。　缘咫尺,夜三更。蓦然回首梦痕轻。再逢君又知何日,空向窗前听柳莺。

2011年第2期

刘敬娟

梦故人

已知君在异空间,昨夜缘何梦里还。
想必难融新境地,似乎不舍旧家山。
今生携手三千里,前世回眸五百年。
天上人间休恨远,灵犀一点自能传。

2011年第2期

温　瑞

记得之二

记得幽轩烛影微,怎般滋味在咖啡。
相言春逝花无悔,只待园成蝶有归。
至此长萦多意絮,从今难闭两心扉。
三生约后三年别,身若宾鸿恨已违。

2011年第3期

董本鹏

寄 人

梦境迷离浅复深，依依执手语含嗔。

醒来更觉真情苦，疑树疑花尽是君。

2011年第6期

杜铁胜

春夜思

青春点染上桃腮，骋望桥梁白水洄。

犹忆当时携手处，紫衣人在凤楼台。

2011年第6期

冯倾城

相 思

未名烟柳忆千条,各自天涯望鹊桥。
星眼有情传客恨,月钩无力惹魂销。
暗将红豆春时撷,待把青蛾镜里描。
天上梦圆人寂寂,凭栏对影伫清宵。

2011年第7期

田成名

问 杏

执手相看久,沉吟一泫然。
枝间何未画?蕾梦不曾圆。
花约凭谁误,山萌对我闲。
莺啼听也乱,惟有问春烟。

2011年第11期

宋彩霞

何满子·七夕

寂寞银河有恨,世间风浪难平。一点灵犀千里隔,倚栏人自空凭。夜色茫茫无限,小窗频缀疏星。　　迷蝶无踪梦远,厚云因事牵萦。眉蹙千峰都不展,怕听潮又初生。犹记那时盟约:此生惟有卿卿。

2012年第2期

杨金亭

为七夕红豆相思节诗词大赛题句

碧海青天七夕迟,鹊桥难渡是相思。
三生石上悲欢泪,化作爱河红豆辞。

2012年第3期

高　昌

最高楼·村南旧事

　　回眸望，童话土中埋。都是小呆呆。酸酸眼泪甜甜笑，村南旧事挂心怀。草犹淘，花更野，树难乖。　　那朵美、春风曾等待。这畦梦、阳光来灌溉。深浅爱，列成排。如烟岁月飘然远，斜风细雨印苍苔。路仍长，题未解，谜还猜……

2012年第4期

张梅琴

点绛唇·青丝

　　梦里思君，朦胧身影还曾记。碧月春风，相会清幽地。犹忆当年，顾影双眸里。南风起，欲思无计，剪段青丝寄。

2012年第5期

段晓华

南柯子·红豆

的历红珠子,缠绵墨客词。无端小字唤相思,赚取多情如醉复如痴。　　恨罢闲抛久,愁来细数迟。山盟海誓也参差,只有彤心一点似当时。

林燕兰

临江仙

花落花开都是梦,蝶儿飞上花枝。春泥无语诉相思。纵然情未了,何必故人知。　　柳岸徘徊天欲晚,斜阳不过如斯。偶然回首竟如痴。蓝裙长发女,是我少年时。

赵　缺

鹧鸪天·手机

不看池塘不看山，春风与我不相干。做些俗事消消闷，找个闲人问问安。　　新语录，旧名单，深宵读遍又重翻。也知某某成空号，存了三年未忍删。

熊东遨

相约异地同时赏月时在旅途

今夜晴空月，催成几处诗？
分辉无厚薄，得惠有先迟。
露白人千里，风清酒一卮。
莫教重九过，误了插花期。

周燕婷

秋夜赏月和东遨旅途新作

一轮秋净月,无语自成诗。
对影怜人早,叨光叹我迟。
水滨云湿袂,花畔露盈卮。
莫更愁圆缺,清辉定可期。

2012年第8期

刘　章

孤山口占赠老妻

孤山林叶雨沙沙,寻访前朝处士家。
我赋新诗君打伞,荆妻可爱胜梅花。

2012年第9期

曹　辉

减字木兰花·无题

　　花朝尚远，缘分天空春不管。点亮青灯，往事悠悠忘未能。　　垂眉低眼，见性见心开悟晚。倦看阴晴，欲避忧烦行不行？

2013年第1期

韩倚云

踏莎行·自题月夜谈词图

　　淡月如眉，凉风似剪，石皴如水波如练。绿筠枝下影双双，词魂暗逐星光转。　　子建离愁，文君别怨，今时肠为当时断。雪泥鸿爪总相牵，此生有限情无限。

2013年第1期

徐凌霄

鹧鸪天

又见春回陌上蹊,东风空绿向南枝。一怀索寞余诗瘦,数载飘零叹雁迟。　花有信,约无期。不堪回首忆当时。浮生道是轻如梦,叵奈相思梦也痴。

2013年第2期

于艳萍

汉宫春

素粉清妆,待群芳唱罢,心曲轻弹。微风暗送北雁,只在擦肩。馨香一缕,袅袅去、缭绕篱垣。人未睡、衔杯月下,低头细数流年。　洒下轻愁一地,叹花黄影瘦,落寞琴弦。凌霜为谁酷炫,欲说无言。冰心一点,但独守,前世尘缘。君记否,浮云来去,依稀又是秋寒。

2013年第3期

殊同

西站送客

客中送客更南游,一站华光入夜浮。
说好不为儿女态,我回头见你回头。

2013年第3期

武立之

卜算子·恼相思

不似那年情,毕竟情难老。记得当时月照人,只把相思恼。　爱也不嫌迟,恨也还嫌早。待到春花落满肩,留与东风扫。

2013年第4期

吕文芳

定风波·分手

百媚千娇一诺轻,柔肠九曲酒杯倾。海誓山盟君记否?伤透!杜鹃啼血为谁鸣? 检点悲欢思愈惑,凄恻!南窗独卧伴孤灯。数载嘤鸣情未了,难料!红梅谢处拾重生?

2013年第5期

颜廷剑

浣溪沙

落照闲牵树影长,胭脂褪尽小园荒。犹怜袖染旧时香。
漫遣风霜凋碧叶,肯教环佩梦幽窗。今宵月色太凄凉。

2013年第6期

王景珍

浣溪沙·秋海棠

春去萧然不改痴,植根瘦土也多姿,横陈彤锦未疑迟。谁解相思深几许,独尝落寞恨难持,但留一梦挂青枝。

2013年第7期

郑伯农

破阵子·银婚赠妻

无有山盟海誓,未经月下花前。结伴何须长脉脉,苦胆痴心本自连。回眸三十年。　　同看阴晴圆缺,共尝苦辣酸甜。总把热肠酬冷眼,秉性难随世道迁,匆匆白发添。

2013年第8期

雍文华

寄　内

犹记临行赠别词，近来愁损好腰肢。

诗情寂寞黄昏后，又是凭栏独立时。

2013年第8期

李一信

长相思·寄远

天悠悠，地悠悠，天地悠悠共白头，幽兰漫渚洲。

绿满洲，红满洲，收眼风光尽是愁，庄周蝶梦休。

2013年第8期

张明新

对　镜

鬓霜对镜自伤情，多少相思煎得成。
留待重逢须细数，根根都是为君生。

2013年第10期

李静凤

菩萨蛮·七夕

一宵吹断星河雨，灵禽飞过烟洲树。短梦有时来，纸窗和月猜。　人天都错了，心事如何巧。要待试秋寒，开门千万山。

2013年第11期

唐　琳

鹊桥仙·相思

灯光如昼，浓宵似酒，今夜冰轮仍旧。相依柳下泪滴垂，紧握住，纤纤玉手。　　水中月皱，风中人瘦，恨不能长相守。今年一会再何时，轻声问："明年可否？"

2013年第12期

武建东

赠爱妻海霞

苍天眷顾得知音，忆惜当年辛苦寻。
惹我欢歌时悦耳，感君喜泪又沾襟。
平常拌嘴两三句，毕竟难移一片心。
不尽相思春梦好，情深依旧在如今。

2014年第1期

月　白

清平乐·眼神

　　绿潭茹夏，碎影柔情挂。恁个清纯堪入画，停在回眸一刹。　　也堪睐处相倾，也堪愁处相凝。忍使光阴老去，奈何独剩卿卿。

2014年第1期

李保仓

蝶恋花·思妻

　　绿暗红稀春已暮。终日昏昏，虚把韶光度。约定春来寻野趣，春来怎奈伊先去。　　一腹悲愁谁与诉？当面强颜，泪洒无人处。夜半题诗知几许？空留满纸穿心句。

2014年第3期

白秀萍

婚　姻

贫贱夫妻琐事来，心容彼此莫疑猜。
婚姻这道方程式，唯有真情能解开。

2014年第4期

邢　晖

菩萨蛮·女儿心

别来不计伤怀久，夕阳望断君知否？谁解女儿心，花前独自吟。　　未言先泪满，梦里犹轻唤。明月莫西沉，惹人相念深。

2014年第4期

孙冬玲

情　祭

忆里温馨不忍听，向无情处叹多情。
透支春梦些些少，挥霍柔肠寸寸疼。
因有痴心填弱水，怎堪笃意付长风。
幽思渺渺何从寄，词至薄时满纸空。

2014年第5期

贾玉格

冬　夜

恻恻冬风吹面寒，垂杨已瘦小亭边。
今宵月色仍如旧，只是无人肩并肩。

2014年第5期

彭珊枝

鹧鸪天·无题

一抹春痕绝可怜,兰房谁抚五根弦。痴看灯火停杯醉,省识东风抱影眠。　　移漏箭,觉清寒,眉头心上不堪删。多情欲问能追否,月挂中霄梦已残。

2014年第5期

张　永

月夜有思

痴念无端数寸阴,诗书遍染夜沉沉。
芙蓉月忆街前景,杨柳风梳梦后心。
汽笛如吟今夕赋,银屏尚有旧时音。
通宵伏案思卿切,寂寞青灯况味深。

2014年第5期

孔繁宇

记　否

记否茫茫人海中，某年某日偶相逢。
杯将碰处眸先躲，酒未倾时颊已红。
似水情怀逐了了，如烟往事散轻轻。
光阴最是平心剂，纵有波澜不再惊。

2014年第6期

佟云霞

读王维《相思》诗

谁解痴情有若斯，芳菲凋尽断魂时。
相思血泪凝成豆，撒向江南发几枝？

2014年第7期

黄　磊

再步中清游园

花枝已老雪泥中，诗味难及况味浓。
我怨林郎别去后，梅心只为一人红。

2014年第7期

刘如姬

七　夕

年年同此夕，岁岁驻韶龄。
莫道别离意，翻怜牛女星。
相偎倾絮语，并坐数流萤。
迢递风如诉，吟来隔水听。

2014年第8期

崔　鲲

题七夕

竟夜天涯共此时,华灯明灭寄相思。

念中纤影渺云路,海上冰轮幻玉卮。

一刹悲欣情眷眷,三生聚散梦迟迟。

双星隐约长河外,微语依依莫可知。

2014年第8期

夏爱菊

七夕节寄夫君

管他天上意何为,人世相依影不离。

仙渡鹊桥年一夕,我居陋室岁长时。

平凡日子温馨过,恩爱家庭甘苦随。

但盼红尘同路远,白头有伴好吟诗。

2014年第10期

霍松林

悼念老妻

骨灰伴我不须哀,天上人间分不开。
自有长安好山水,生时共勉死同埋。

2015年第2期

许　复

浣溪沙

柳暖花寒岁月移,篱边芳草总情痴。为君消瘦有谁知。
碧水池塘听细语,枯藤老树梦当时。而今最恨是相思。

2015年第4期

徐俊丽

无　题

相忘江湖不再逢，转身已过小桥东。

万千风景凭君看，岂止钟情一树红。

2015年第8期

李芊芊

浣溪沙

月冷画帘一帐秋，清灯菊影自幽幽。沉思往事泪空流。

小字难书心绪尽，玉人曾共话南楼。遍寻深梦只闲愁。

2015年第10期

李培玉

西江月

　　明月几多圆缺？相思多少春秋。霜丝染了少年头。一缕痴情依旧。　　心痛欲平唯酒，举杯独上亭楼。可能一醉解千愁？月下伊人影瘦。

2016年第2期

莫小凤

别　梦

　　云依春水逝清愁，夜梦梨花落雪舟。
　　犹恐蝉鸣声渐远，别君三日已成秋。

2016年第4期

韦双一

春夜苦雨

莫把相思种，情天雨水多。
三更还未了，滴滴在心窝。

2016年第4期

胡　彭

清明怀人

没骨春风劳洗髓，柳烟恰衬花容美。
连翘初带应时黄，斑竹才看新箨紫。
曲里还魂或荒唐，梦中执手偏多喜。
一簪纯素过清明，更演笙簧为汝祀。

2016年第6期

王守仁

闻京城桃花已开

约友当年去踏春,归来几日未收心。
从兹不作桃花赋,怕惹相思入梦深。

2016年第6期

楚凌岚

菩萨蛮

萧萧枫荻秋山北,所思不见重云隔。瞻望碧云中,倚楼听晚风。　　倩风将别绪,吹向郎边去。吹不到郎边,夕阳山复山。

2016年第8期

卢兰凤

寒　兰

怜我多年独往来，楼台兰蕊破寒开。
闲琴犹怕香零落，一日知音弹九回。

2016年第10期

王善峰

浣溪沙·忆

惆怅园林一夜风，落花飞絮各西东。江湖浪迹寄萍踪。
纸上新词空有恨，云间雁字不传情。几回夜雨数寒更。

2016年第12期

王啸林

望星空

鹊桥谁见架天河，自古情多恨亦多。
相守年年只相望，明眸脉脉送秋波。

2017年第2期

元绍伟

秋夜遣怀

又翻红叶酿秋寒，不理西风总这般。
心境修来闲若水，忽因别梦起波澜。

2017年第4期

王书田

忆香君

莫道人如海,曾经一路行。
画中山远近,弦上水纵横。
风雨鸳鸯浦,烟花玛瑙城。
风情随水去,岁月悄无声。

2017年第4期

杨立惠

临江仙·秋夜寄远

天上星河隐隐,窗前月色潺潺。那堤那树那河边。心头多少事,提笔却难言。　　纵是绵绵牵挂,奈无雁送云笺。经年梦里总无端。花开于彼岸,未了是前缘。

2017年第6期

巫志文

浣溪沙

初识蓝田葛水边,蝉鸣荔熟柳含烟。相逢一笑定情缘。
白发来寻芳草地,春残难觅杏花天。芭蕉夜雨忆当年。

韦树定

浪淘沙

第一酒之徒,第二情奴,携箫招饮小红初。桂北宣南都睡里,便是江湖。　　慧业只如如,往事糊涂,一杯情味冷芙蕖。换取相思红到骨,白了头颅。

李葆国

无题有恨

莫嫌隔水鹳声痴,当悔回眸一笑时。
惜别难禁三日久,盼归尤觉半分迟。
每欣雨意云曾解,最苦相思人不知。
红豆恨无连袂撒,但能几颗到江陂。

张智深

赠 妻

人间唯爱最堪珍,花烛当时灿玉辰。
黛影依稀唇已黯,秋波潋滟月长新。
儿犹虎璧双娠乐,衣是蚕丝百织辛。
莫叹他年身共老,来生相约在青春。

张海燕

花间意

埋愁不到三千里，无端又被风吹起。苦雨透心扉，能防一寸灰。　　相思何处种，除去春宵梦。梦自不堪求，春还随水流。

王艳玲

一剪梅·梦在江南

遗梦江南六月天，半入湖山，半入林峦，一分散落水云间。拂了心弦，乱了心弦。　　拾梦江南六月天，风正盘桓，雨正缠绵，今兮何以似他年？浓也如烟，淡也如烟。

沈旭纳

减兰·读《别赋》拟作别

亭边细嘱,似被春风吹到绿。暗恨流光,不遂人心变短长。　星光莫绾,容我看伊多一眼。只为明晨,万水千山隔此身。

2018年第6期

肖世文

清平乐

风吹蓬乱,展笺魂先断。极目乡关云漫漫,勾惹离愁一片。　犹怀年少同窗,校园栽满丁香。回顾青春岁月,几多浪漫时光。

2018年第6期

令狐安

南 望

南天鸣燕子，北地已秋风。
情寄绿浓处，来年红豆生。

2018年第10期

李增山

相思豆

红豆生来情自痴，谁言草木不相思。
朝朝只盼人来撷，又恐负心人折枝。

2018年第10期

沈鹏云

初 恋

婉转莺声柳渐柔,小桥流水从未休。

一枚石子深还浅,几句话儿春复秋。

可叹情缘成旧事,终将别梦作新愁。

如今偶做失眠客,只寄相思心上头。

王　宁

临江仙

试罢罗裳蓬鬓暗,相思抚理低眉。每从旧句忆秋归,长空孤雁远,疏雨正霏霏。　　幸此寒窗明小月,知君旧梦相随。满堂流彩绕香辉,举杯今夜共,横笛问玫瑰。

孙　文

别

掩泪长相握，积年情未休。
问君从此去，能否再回头。

2018年第10期

刘文革

鹧鸪天

　　暖玉温香曾几时，卅年旧梦为谁痴。万般眷爱终成忆，一样缠绵且任之。　　悲往事，赋新词，最堪刻骨是相思。重逢只道寻常见，唯恐寻常难把持。

2018年第10期

张金英

喝火令·夜雨寄怀

瑟瑟秋来早,潇潇雨落寒。晚风无意惹花残。云影为何漂泊?心上已生烟。　　泪眼模糊了,佳期逝去前。万千丝线久缠绵。夜也窗凉,夜也枕清欢。夜也梦思深处,约定未曾删。

2018年第10期

王改正

秋　思

醉透丹枫醉远眸,芝兰润雨满诗楼。
白云柔软相思雁,红豆消融寂寞秋。
我看黄花含玉露,谁托绮梦到幽州。
星星鬓上青丝少,枝上莺啼两地愁。

2019年第2期

陈廷佑

金镂曲·贺妻六十华诞

忆昔青丝厚，辫双梳，波倾似瀑，苇编如帚。花绽军中真颜色，恰正梢头豆蔻。谁能把，芳心猜透。不慕高枝依浅水，只一缘，暗结同心扣。仙女嫁，人间有。　　艰难路却寻常走。几十年，悲欢逆顺，眉开眉皱。心自操劳寒温计，身自全家枢斗。叹君发，十难余九。我幸逢君君何幸，偶回村，美味篱边韭。唯永执，子之手。

雷发扬

送　别

杨柳依依抚站台，问君何日再回来。
大巴出站回头望，一树梨花带雨开。

李文艳

鹧鸪天

霜降明朝今夜寒,无聊再赋鹧鸪天。敲窗冷雨心先碎,伏案佳人梦已阑。　　灯影乱,字痕残,思随节序已无言。无端漫诵易安句,又把闲愁装满船。

2019年第2期

刘春红

卜算子·桃花

丹彩溢春红,浅浅桃花语。粉满香腮初绽开,楚楚招人顾。　　人面去无踪,又惹相思绪。只是痴心付水流,却被无情误。

2019年第2期

王加华

蝶恋花·秋思

入暮河堤遥望处，才过重阳，败叶来还去。几片愁云风约住，半弯瘦月生青雾。　　流水多情空自许，人在何方，常忆春前舞。一曲相思伤别绪，孤心恰似深秋雨。

2019年第2期

潘太玲

清平乐

时光磨旧，心事年年瘦。身在他乡犹守候，那点温柔简陋。　　应知月也无情，偏偏月走人惊。只怕如霜月色，无端冷了曾经。

2019年第2期

赵宝海

鹧鸪天·距离

无复长亭更短亭，叮咚溪水小风铃。春来一脉生红豆，梦叠千重起绿屏。　　云暧暧，水清澄，杜鹃何必向天鸣。若能将你留心底，一切距离都是零。

2019年第4期

杜丽霞

七　绝

枝头黄叶舞盈盈，又见西风过小亭。
我有相思串不起，一时散作满天星。

2019年第4期

晏水珍

别后有题

江天无月亦沉吟,此夕清寒感不禁。
分韵应知诗寂寞,掩门更觉夜幽深。
满园欢乐忽成昨,一晌飘零便到今。
想我归来思已极,但凭文字啄余音。

2019年第4期

杨玉书

邂　逅

佯作坦然强掩惊,渐行渐近看分明。
擦肩恍似庄周梦,多想回头唤一声。

2019年第4期

张　帆

寄　人

一份情缘两地痴，相思总在月明时。
红尘不浊冰清骨，卿是梅花我是诗。

2019年第4期

何蛟娣

暮　春

独对梨花一树痴，怅然又到暮春时。
留春不住怜春去，拾片落花吟句诗。

2019年第4期

郑清辉

清平乐

霓虹彩练，闪烁星星眼。聊到当年情转淡，楼外车声渐远。　蓝桥何必相逢，忍教旧梦成空。几许前尘影事，一弯夜月朦胧。

2019年第4期

黄　旭

夜思新马泰

琬莲今夜客谁家，万里晴空半月斜。
一缕单丝何以寄，凭君传语到天涯。

2019年第4期

冯 晓

无 题

但许诗才可预支,先赊一笔赋相思。
几多月下花前影,无数山盟海誓词。
书里随时逢绝恋,人间何处遇情痴。
手机不惧天涯远,欲说相思却语迟。

2019年第4期

成旭辉

菩萨蛮·七夕

手机微信长相忆,花笺乐赋明心迹。古郡荷香风,裴湖月色胧。　鹊桥情绻倦,七夕问长短。五味杂陈翻,相思又一年。

2019年第8期

王献力

知青回首

分手当初折柳难,泣同兄妹走西川。
心牵鸿信云千里,梦系相思泪一团。
塞北秋霄逢此节,江南明月待何年。
枫林今又经霜早,红叶题诗嘱雁传。

2019年 第8期

安全东

红豆馆吟

一勺红豆馆,千秋名士风。
多情元不老,绮梦正当中。

2019年 第8期

王建强

菩萨蛮

君山采下银针小，洞庭明月清秋好。素手洗新茶，香浮几瓣花。　并头读小字，如幻前生事。每有会心时，宵深入梦迟。

2019年 第8期

李明科

菩萨蛮·梅花雪

相思不耐层层叠，报春时节都成雪。玉树乱堆花，疏枝楼外斜。　久倚蓝桥立，已被寒香袭。又报一年痴，那人知不知？

2019年 第8期

司美霞

菩萨蛮·思君门半开

雪簪梅鬓凝花色,风情占尽回廊侧。羞摘一丝云,横枝月近人。　　良宵无所梦,疏影摇窗动。春绪苦萦怀,思君门半开。

2019年第8期

乐文英

思佳客·寄友人

水复山重不禁情,倚楼望尽短长亭。燕来春信愁中看,雁唳秋风梦里听。　　从别后,忆曾经。时光催老鬓星星。谁知再见是何日,犹恐相逢不识卿。

2019年第9期

凌大鑫

我是天空那片云

我是天空那片云，偶然投影你波心。

纷纷一路情无迹，默默千年梦有痕。

变幻不言真与假，别离总是古犹今。

前生或有相思苦，留到此生说与君。

2019年第9期

崔杏花

浣溪沙

坐到心怡夜更幽，小窗灯火影双留。红尘深浅一回眸。

笑我诗中无蜜字，知君眼底有温柔。春风又上月边楼。

2019年第9期

杨玉田

红　豆

恋爱时光总不同，朝朝复醉复痴中。
将情打垄深深播，一树相思梦里红。

2019年第9期

张之楷

偕老伴月夜赏江景

银鬓厮磨披柳丝，波光似梦夜如诗。
四十年后痴情月，又照当年热恋时。

2019年第9期

江合友

蝶恋花·苦恋

长叹因缘无觅处，悔却当时，不做山盟语。泪眼风干冰一缕，冷云寒雾黄昏雨。　　谁道因缘无觅处？月下花前，梦里君知否？海碧天蓝鸥去住，相携困倚青椰树。

郑雪峰

洞仙歌

栏边晴雪，又玉兰开候。洒面东风是春酒。总诗心易醉，幽绪难名，探芳处，翻似云僝雨僽。　　那年衫影去，剩着时光，除却相思便怀旧。说花还如蝶，蝶翅翩翩，向梦里，有时来就。且莫更开门惹闲愁，但偎尽深宵一灯如豆。

王希光

新娘送新郎出国打工

满城春色满城花,夕照东风新柳斜。
汽笛一声肠欲断,相思从此载天涯。

2019年第10期

奚晓琳

七夕晨起与外子言

三生徒有梦,浮世可操持。
做得琴箫侣,不吟红豆诗。

2019年第10期

张克鸿

重访故乡白杨树

大梦如初小路长,山花笑我满头霜。
老天难让童心老,重把芳名刻白杨。

2019年第10期

侯庆芬

晨起有感

晨风起处露微凉,闲倚长亭对远方。
几瓣情思花吹落,云心乱入掌中央。

2019年第10期

尹宝田

中　秋

当年漫步好悠闲，携手伊人过小山。
犹忆湖滨情荡漾，吟诗得句海棠间。

2019年第10期

何少秋

遥　寄

逝去青春不再来，思潜心底岂容猜。
情如漱水弹清韵，笑若桃花绽粉腮。
虽可隔云温倩影，却难驭梦赴瑶台。
今宵夜静徒相念，乱绪萦怀未解开。

2019年第10期

陈淑艳

鹧鸪天·红豆

　　谁解柔肠痴复痴，痴心滴血不曾移。珍藏一粒融朱墨，赋得千行浸泪诗。　　云漠漠，月依依，空嗟梦短恨长离。愿君从此随人意，莫让相思挂满枝。

2019年第10期

王震宇

忆三月三日饮

上巳风光却此时，纱帘不卷酒痕滋。

经年更拭伤春泪，一盏重题感旧诗。

君子兰开红滟潋，小纹竹曳碧参差。

飞琼入道双成老，十二云楼步步迟。

2019年第12期

赵小天

青岛栈桥作

浪花红遍费沉思，万里涛声夕照迟。
可惜小诗描不得，几行春梦恐君知。

2019年第12期

马　翚

一剪梅·春柳

摇曳东风金缕长，寒树枝头，占得春光。细腰犹爱弄斜阳，欲倩柔荑，抚暖横塘。　　时引流莺穿叶忙，啼乱空山，啼醒红芳。池边旧事最难忘，系得君心，瘦又何妨。

2019年第12期

徐中秋

洋节偶感

早春风冷气犹冬，旧梦依稀总是空。
残烛西窗原未尽，不知今夜为谁红？

杜艳丽

瑞鹧鸪

晴湖万顷皱涟漪，犹忆兰舟饯饮时。映水芙蕖红冉冉，拂风杨柳翠依依。　歌添别绪人初醉，约定他生意转迷。梦影云踪俱邈渺，此间情味复谁知。

冯恩利

七夕感怀

万里云天外,长河鹊自横。
朝朝连暮暮,日日数星星。
双泪曾交臂,只身犹返程。
眉堆愁似海,回首尽秋风。

2019年第12期

邵红霞

临江仙·暗恋

那月那年初相识,芸窗春雨沙沙。无猜心事渐添加。莫言豆蔻小,已自绽芳华。　　青涩梦被风吹散,各安山角云涯。再相逢处枉嗟呀。那枚红豆暗,种下未萌芽。

2019年第12期

胡成彪

画堂春·初夏寄情

风吹柳絮落清溪,花前行迈迟迟。系怀前岁邂逅时,相约佳期。　　窗外黄鹂戏语,榴红又满新枝。心头情绪接涟漪,欲与君知。

李向泽

鹧鸪天·七夕有寄

月洒清辉柳弄弦,江边听浪念婵娟。电波难与相思寄,微信羞将爱意传。　　追往事,忆从前,几回追忆更茫然。一年一度仙人会,我却今宵也影单。

王海鸣

相信你

晓月弯弯倚小船,相思未解是邯郸。
当初一句知心话,暖了生活多少年。

2019年第12期

范诗银

乡 约

赊得晨香十日留,为君熏水待归舟。
痴心尺子张天宇,夜夜窗前量月钩。

2020年第1期

马　凯

贺夫人七十岁华诞

难见梳妆难觅痕，依然优雅自精神。
从来学子心中范，总是方家座上宾。
慧眼分明天与地，齐眉无论往和今。
争夸满院芬芳溢，笑了涓涓浇水人。

2020年第1期

史　虹

如梦令

最忆干塘闲里，疏影暗香犹细。人面染芙蓉，几许晚风如你。心底，心底，秋夜此情无计。

2020年第2期

张会强

浣溪沙·忆

别后相思会有无？扫来微信几行书，心头跳跃小音符。携手雨中情缱绻，凭栏月下影模糊。梦回不肯到当初。

2020年第2期

李小英

临江仙·有寄

那日南湖分别后，闲愁竟是无端。盈盈秋水玉阑干。月河留倩影，星夜共长滩。　　此际重逢烟色里，柔情倾尽悲欢。心中爱意有千般。今生应不悔，来世许相关。

2020年第2期

曹 艳

无 题

诗作春花笔底开,绯霞淡淡染香腮。
经年一枕相思泪,流到君骑白马来。

2020年第2期

刘 丽

鹧鸪天·江畔秋忆

青案嫣红数点春,不知谁是送花人?斜依瓶口娇娇泣,散向书旁细细闻。　猜月小,守窗颦。一帘无语送黄昏。试将思绪堆天际,聊共江川暂且存。

2020年第2期

梁艳华

寄　友

闲翻微信叹流年，难忘深情别后牵。
疏影横斜花讯里，回声久待到无眠。

2020年第2期

邱立新

寄　怀

雁阵鸣秋意，声声山水寒。
空怜霜叶老，犹是客帆悬。
往事勾新月，清欢忆旧年。
别书无一字，只道梦曾圆。

2020年第2期

姜俊莹

扬州慢·缘

叶落萧萧,小窗弦月,额前菊影阑珊。叹西风渐止,正泊了秋千。未相问、他山石畔,落尘成雪,谁捻冰弦。对孤灯、翻检诗书,云起经年。　　雁行渺渺,向离人、唱尽阳关。溯几世前尘,烟浮两岸,相对无言。道是人间风雨,消磨了、旧日容颜。念江南红豆,来生认取眉间。

王海燕

浪淘沙·旧事

旧梦又阑珊,雨洗春山,前尘渐远有谁怜。万语千言成旧誓,君在谁边?　　夜夜总难眠,只影凭栏,相思起落有无间。别去经年犹未忘,那日痴缠。

成绛卿

相　思

柳外云烟笑我痴，更深人静泪垂时。
庄生晓梦真还假，此刻相思谁个知。

2020年第4期

张　彦

采桑子

　　置身故地情难尽，柳绿花红。旧梦成空，往事不堪回首中。　　茫茫人海心何处？知与谁同，夜月桥东，逝水流年立晚风。

2020年第4期

万丽丽

逢 春

想来春意淡还浓，百感迂回犹未穷。
跌宕江潮归鸟啭，横冲霾气浸花风。
相思忽起半窗碧，独立何堪一抹红。
当是卿卿难为我，多情种在眼眸中。

孙淑媛

思 君

犹记当年春日晴，挽君柳岸共听莺。
故地重游舒望眼，君在遥遥哪一层？

王小娟

生查子

君住彩云南,我住清江浦。双鬓渐成丝,各着风和雨。
半日得同行,不敢偎人语。车到站台时,便是天涯路。

2020年第4期

任改云

苏幕遮

暮云低,灯火暗。谁把相思,谁把相思绾。雨带箫声心曲乱。愁绪终成,愁绪终成患。　　夜何清,人执念。人隔天涯,人隔天涯远。逝去芳华皆入盏。今又斟来,今又斟来浅。

2020年第4期

禚丽华

隔　屏

几许深情月未央，能将心系是家乡。
幸它微信寻常见，说与春风不设防。

2020年第6期

骆锦恋

浪淘沙·暮春送君行

春去与谁聆？花落声声。哪堪夜伴杜鹃鸣。梦里送君千里外，独在兰亭。　　三十又飘零，无奈浮生。也逢风雨也逢晴。岁岁伤春春不住，人瘦苔青。

2020年第6期

贾银梅

红　豆

谁将红豆赋相思？入眼如何入骨痴。
便到十分怜爱处，万千心事挂芳枝。

王祥洲

虞美人·寄怀

　　花开时节春光美，情似鱼和水。忽来风雨月朦胧，只恨分飞劳燕各西东。　　离愁犹是芳原草，划尽还生了。残红乱绿总撩人，又见漫天飘絮更思君。

赵春岐

浣溪沙·初约

莺啭堤边春色浓,并肩漫步小桥东。一汪秋水映腮红。彩蝶纷飞花引路,痴情拥抱柳摇风。青山石证两心同。

2020年第6期

牟雅娟

望海潮·鸥盟

凭栏初渡,潮声起处,回沙霜色同匀。星屿远舟,沉浮浪涌,风烟客里微身。幽处不沾尘。素波消块垒,拂去心痕。鸥影三分,海天一色一双人。　　清怀怎不殷殷。有如仙美眷,芳意弥臻。飞雨画澜,灵眸对酒,临窗畅诵诗文。秋韵漫重温。念生涯万里,寻得冰魂。百载千年云梦,叠作海粼粼。

2020年第6期

葛　勇

与傻姑游水天池

无人古道鹭双飞，秋色何曾减翠微。
好水好山卿是主，野花任插满头归。

2020年第7期

曾小云

题栖霞枫林图

枫林浑醉媪和翁，昵昵偎肩话素衷。
嫁与西风终不悔，秋霜白到夕阳红。

2020年第7期

蒋　萍

回　首

野径苇塘弱柳条，依然秀色小廊桥。
湖中已断秋声韵，幸有阿哥吹紫箫。

2020年第7期

卢冷夫

鹧鸪天·情人节

佳节何堪雨雪飞，死生契阔几来回。半生尘梦方清醒，一枕相思不可追。　　空问酒，懒看梅，痴心唯有爱相随。春风携手花开处，再把诗情斟满杯。

2020年第7期

尹正仁

青涩记忆

底事今宵别样吟？不茶不酒句难禁。

荷风共步千家月，柳色听莺十里岑。

菊艳无霜香抱久，灯残有意梦留深。

天涯肠断人何处？一束清笺万里心。

2020年 第7期

江　岚

丁酉夏日过灵璧谒虞姬墓

长因子规鸟，望断乌江渡。

红日又西沉，君王在何处？

2020年 第8期

边郁忠

一剪梅·无题

酒欲阑时诉旧情，灯影伶伶，人影茕茕。有心邀月使心醒，云又萦萦，雪又溟溟。　　舞意来时醉意生，语自嘤嘤，目自盈盈。玉姿无力也娉婷，诗里萌萌，词里卿卿。

张思桥

从别后

别时万般好，虽嗔亦不恼。未别勤赠言，莫随天涯草。千里载离愁，离人旧物留。我心西北向，卿欢在东头。梦应从汝取，恨不与汝睹。人生离别意，何须在南浦。趁夜数相思，羞教明月知。从今云浮处，片片寄归期。

于艳秋

樱花岛赏樱

解我相思苦，繁花一树开。
胭脂风淡扫，款款似伊来。

2020年 第8期

王 蔚

游沈园感怀

几许梦中述，离人枕上愁。
相思千百日，不及一回眸。

2020年 第8期

齐桂林

盼　春

心门一度为君开，长夜几曾侵梦来。
镜里形容憔悴甚，春风未肯信捎回。

2020年第8期

何　花

随　笔

子夜深幽浸晚风，一轮明月挂长空。
良宵苦短春帘早，撩起相思涂日红。

2020年第8期

吴　楠

暮春怀远

今朝春梦觉，花落满衣裳。
黛玉知何在？杜鹃啼未央。
回头愁似海，转眼鬓成霜。
道不尽珍重，风余一径香。

2020年第8期

章雪芳

夜

雨落拨心弦，秋深一榻前。
欲将微信送，又恐扰君眠。

2020年第10期

吴　硕

栖居双江宾馆

春风欲睡叶轻摇，喜鹊双双枕碧霄。
此刻何人观汉月，独听长夜两江潮。

2020年第10期

张艳娥

虞美人·春晚

　　野棠梨雨芳菲晚，人在江南岸。帘前燕子柳梢风，软语分明灯下却朦胧。　　那时情景依稀是，倚梦书心字。相思寸寸渐成灰，流水落花春去几时回？

2020年第10期

何玉莲

画堂春

百花沉寂梅如豆,闲看柳絮翻晴。阶前伫立尚盈盈。呢喃燕子,似说旧心情。　　鬓畔风如岁月轻,偏教远了曾经。天涯芳草自青青。嫣然不语,俯首拾残英。

2020年第10期

王　彬

清平乐

浮云难寄,独去寻诗意。红叶新枝新雨细,小径溪桥山寺。　　石上满砌苔痕,松边曾倚愁人。凭此看山看水,残钟归鸟黄昏。

2020年第10期

张秋先

暗　恋

不堪山雾又重重，伏案云笺小字空。

莫道素颜犹未改，几回梦里为君红。

2020年第10期

韦化彪

同学合影

纷纷细雨断肠烟，飘落梨花年复年。

欲寄春晴劳雁翼，相望秋水忆吟笺。

乡关梦里一轮月，倦客心中万里天。

别却参商多少路，想来还是旧时颜。

2020年第10期

许清忠

无 题

尽日高楼有所思，相携犹忆旧年时。
约来灯市尝新酒，归向书斋赋小词。
鸾枕敲诗疑若梦，西窗剪烛似无期。
愁看天外丝丝雨，心泪催成未可知。

2020年第10期

吴元法

诉衷情令·妻生日

心从入眼许伊人，牵手话前尘。休言得失多少，往事似浮云。　　怜梦老，喜诗新，见情真。相思缠绕，美意留痕，岂止销魂。

2020年第12期

唐志民

梦

此去关山远,春花几度开?

盈盈清梦里,谁踏月光来。

张永侠

南山有约

人瘦桃红绿正肥,携君共看紫云围。

南山美景留春住,我在花间傍蝶飞。

梁　静

踏莎行·石洲桥

秋意沉沉，江烟片片。长桥无语沙堤软。离人渐远渐无声，别情渐向眉心转。　　一袖流光，两行过雁。依依挥手斜阳晚。归期遥待柳初新，东江春梦知深浅。

谢生林

扬州城外望月

醉舞西风寻旧迹，荒台寂寞锁新愁。
楼头今夜扬州月，应照离人心上秋。

黄　湾

浣溪沙·欲借清泉泻玉音

欲借清泉泻玉音，谱成别调入瑶琴。何妨泛月傍溪寻。过隙白驹轻似梦，成丝烟雨细如针。一痕孤影一生心。

2020年第12期

高宏宇

采桑子·窗外

临窗独坐情思暗。落叶纷纷，归雁纷纷。萧瑟西风作比邻。　　霜河冷落蛩声紧。星也无痕，梦也无痕。一片秋心比夜深。

2020年第12期

蒋娓

宿八台山寄夫

水云湔客尘，秋意异时新。
松树泥蟾影，竹窗搜鹭身。
千山风路远，几片雪芽珍。
独睡蝉声里，枕边空一人。

2020年第12期

贾来发

重经桃溪山临别有寄

叠起桃红千万层，别来感慨自然生。
是谁颠倒前尘梦，令我翻腾一世情。
盘点那时成碎片，勾留彼地忆芳名。
江湖已倦诗心瘦，除却相思虚此行。

2020年第12期

张力夫

浣溪沙·小寒

楼宇参差看不真,雪花零乱路灯昏。末班城铁一归人。

邂逅芳年游上地,朦胧小站过知春。此时心曲倩谁温。

2021年第2期

王家麟

辞 乡

车流滚滚似江流,难载离人万里愁。

去去来来多少意,全从眉上到心头。

2021年第2期

何 革

扬州慢·织女恨

　　这个星球，运行真慢，今宵才到银河。想牛郎隔岸，正泪眼婆娑。心中恨、谁人能解，花容月貌，暗自消磨。问阿妈，如此无情，能忍心么？　　人间乞巧，到而今，巧已多多。纵海角天涯，手机传信，网上秋波。怎似我年年盼，年年只、一日欢歌。倘鹊儿烦了，我们将是如何？

2021年第2期

赵宝军

七　夕

遥望苍穹听诉说，尽关牛女渡银河。
爱情飞越光年里，岂止沧沧一夜波。

2021年第2期

吕淑萍

七夕夜

玉带凌空夺眼眸,悠悠往事绕心头。
虽然霜已侵云鬓,还盼重来那个秋。

2021年第2期

王春艳

浣溪沙·红豆

数度寻伊不见伊,浪游偶遇小桥西,流香余韵拂春衣。
一抹殷红犹坠泪,几分惆怅总关痴,莫非此物寄相思?

2021年第2期

贾丽杰

对 秋

越近寒凉心愈柔，花逢霜降怎相留。
瓶中剪取缤纷色，仔细珍藏一个秋。

林 峰（中国香港）

在水一方

岭云遥望两茫茫，独倚危栏寄一觞。
万木森森沾玉雨，百花寂寂落斜阳。
马肥未必真骁骏，树直方成大栋梁。
巨匠难逢思渭水，伊人宛在水中央。

王恒鼎

灯　前

对坐灯前动了情，怦怦心跳可听清。
低声诫我当牢记，不要眼睛看眼睛。

曾少立

生查子

屏前何太痴，写得相思巧。巧亦转头删，惆怅她知晓。
一年还一年，我在天涯老。不说那时真，只说今天好。

刘鲁宁

听　琴

咖啡香里梦翩翩，怀旧书生醉管弦。
小夜提琴风谱曲，水晶写意雨垂帘。
春藤已化半廊紫，珠泪长凝一色蓝。
老易情多是襟抱，于中年后渐深谙。

马星慧

鹧鸪天·和老公一起赏春

怕负娇柔绿映红，牵根木棍过桥东。贪观郊野清新景，醉沐田园自在风。　　吹脆哨，品香葱，竹竿敲水水玲珑。花环编罢人无影，朝向黄莺问老公。

林春家

心 花

起垄寸田欣种栽，几时花好不须猜。
相思若带春风味，已在离人心上开。

2021年第4期

星 汉

塔什萨依沙漠书楣卿姓名

黄沙堆上满芳名，风起却教天上行。
一路不须多苦忆，抬头即可见卿卿。

2021年第5期

胡迎建

鹧鸪天

分手匆匆心未宁,怅然未挽彩云停。芳姿隐约天边现,笑靥依稀梦里馨。　　波闪闪,雨溟溟,寒潮来袭冷于冰。怜君孤凤不成舞,催我鬓边白发生。

张晓虹

临江仙

月写相思蛩作序,声声都是离情。星灯一夜到天明。案头花已睡,页底泪还盈。　　秋波暗送流年去,孤怀长寄伶仃。归心何许误卿卿。梦随灵鹊散,回首记曾经。

丁顶天

庚子春临屏寄友

垄上寒梅开未开？居家日久犯疑猜。
知君静享乡山好，难寄一枝春信来。

2021年第5期

陈修文

虞美人·一枚红豆

一枚红豆催人老，两鬓飞霜早。故园君赠别离时，恰是风华正茂展新姿。　　乡情入梦乡音杳，此恨何时了。依山坐石抚瑶琴，低唱轻吟只有月知心。

2021年第7期

张丽华

踏莎行·送别

　　细柳低垂，新芽漫剪。桃林几处香埼岸。送君十里别长亭，春波放棹人行远。　　衣袂飘飘，情丝乱乱。腮边余泪添幽怨。桃花渡口总回眸，芳菲不入离人眼。

2021年第7期

李海燕

七夕收到友人寄来的礼物

　　引路清风兴致高，亭长水阔梦迢迢。
　　莫言千里家山远，一片真情爱打包。

2021年第7期

汪 霞

蝶恋花

又倚楼台灯火后,翻遍清词,人在词中瘦。案上红笺题未就,寒窗影动新凉透。 听尽檐间风雨漏,一处流连,几处相思旧。点滴不离君左右,倏然已到秋时候。

2021年第7期

何春英

鹊桥仙·七夕

世情扰扰,我心了了,佳节冷然滋味。纵凭清梦寄谁人?幸还有,天边的你。 空劳夜夜,抚平念念,只剩心魂老矣。一庭香落却因何?不经地,风儿过此。

2021年第7期

张天凤

夜　题

风雨也曾情意浓，奈何世路各飘零。
问谁可比窗前月，一遇红尘便一生。

2021年第7期

沈保玲

贺新郎·长相依

　　日与梅兰对。用诗书、砌成风骨，立红尘内。前世今生凭一眼，融进无边深邃。笑靥里、销魂韵味。谁把宋词调入酒，梦依稀、杯浸月光碎。品婉约，自情醉。　　远山迢递延青翠，燕双飞、枝头影叠，露滋娇蕊。心底曾经桃花色，愿得年年岁岁。香一捧、长怜妩媚。你在薛笺空白处，墨淡浓、都是相思兑。杨柳岸，涨春水。

2021年第7期

秦　凤

鹧鸪天·中秋有雨

怕见枫情作火燃,灵台何计可知禅。红尘写意已成句,小字钟情难拟篇。　　无限事,不能言,秋花秋月笑痴缠。但看三五团圆夜,却是风来雨弄弦。

2021年第7期

李俊颖

鹧鸪天·相诉

淑女皆因品行端,依君六诉鹧鸪天。一吟一唱梅三弄,轻指轻弹五十弦。　　思缱绻,念缠绵,素琴不绝伯牙还。高山流水声声婉,独倚西楼待月圆。

2021年第7期

黄　君

鹊桥仙·七夕

天星无际，繁灯万点，才过雨狂风住。今宵人睡梦应酣，恐织女、牛郎犹妒。　　温情似海，绵绵如注，莫道浅深多故。平生意气两相投，到此际，谁堪相负？

2021年第9期

孙小磊

忆秦娥·浮生记取何堪别

空庭月，落花声里西风咽。西风咽，慵慵不语，寸心如歇。　　浮生记取何堪别？锦书难托殇千叠。殇千叠，相思无计，怯与人说。

2021年第9期

白恩波

雪中情人节所见

漫漫长街携手游,有争有笑不停休。
宜时放眼深幽处,却见双双白了头。

2021年第9期

蔺旺忠

赠 君

倚窗黛色挂低眉,遥寄诗书正此时。
总是花开伤旧事,可怜只有子规知。

2021年第9期

刘炜评

鹧鸪天·夜怀

怅望乡园叹老身，勾留心底是芳痕。锄禾对唱畲田调，背药偕归红领巾。　　怜素帕，伴青裙，佳人唯看是东邻。想她依旧眼儿媚，纤手为谁点绛唇？

2021年第11期

叶鹏飞

水调歌头·寄慰徐利明先生怀人

盈缩原天定，世态转炎凉。心心相协琴瑟，韵远抑还扬。已把柔情皓月，溶入高怀瀚海，荡漾溢清光。缨濯龙蟠水，笔振紫金冈。　　论今昔，追往事，鉴书忙。当年留影，频频笑语两情长。课授存天阁上，舟舣东坡亭畔，载墨楫芬芳。今沐春风好，仿佛共朝阳。

2021年第11期

陈振家

无 题

弱质难禁风雨横,遗留秀靥记终生。
莺晨怯对红花灿,霜夜空惊素月明。
蕙魄几时归绮梦,书生老去剩诗情。
欠君一担相思债,还到何年方始清?

2021年第11期

沈华维

与老妻游兴隆情人谷

绿谷云收敛,青眸放远晴。
盈枝花抚爱,梳羽鸟调情。
飞瀑玉珠落,隔山泉水鸣。
蜻蜓双引路,牵手上高峰。

2021年第11期

张景芳

观妻少年照

一抹丹阳染玉唇，明眸如水透清纯。
陈年旧照难相识，却是今生牵手人。

陈力嵩

送　别

长亭西去驿无边，回首清芜笼翠烟。
城外梨花飘似雪，谁人识得旧春天。

张存寿

【正宫·塞鸿秋】当年军旅生活之探亲

三年盼个囫囵假，夫妻甜美如初嫁，拉着粗手说情话，娇儿眼瞪铜铃大。小手拽娘衣，出口人羞煞：叔叔你快回家吧。

2021年第11期

李建春

点绛唇·七夕

入骨相思，牛郎苦恋无言对。爱情好累。不敢言陶醉。独个伤心，织女偷垂泪。盼相会。三分安慰。七分愁滋味。

2021年第11期

刘宝安

金缕曲

　　转瞬三年矣。忆沙滩，曾经空巷，人声潮沸。正值金风吹来日，况是蟾宫折桂。岂料想，病魔难退。光热尚存随蜡炬，已卧床犹念簧门事。真痛楚，莫回味。　　唯温过往心如碎。入空巢，青灯照壁，可堪安睡？冷雨敲窗寒彻骨，细语声声自慰；怎个忍，新愁旧被。满腹思君何处诉，愿来生再为相思累。红豆掬，一行泪。

郭友琴

故园柳

　　春寒犹料峭，相折小桥西。
　　拂面曾含絮，倾怀总走题。
　　当时轻日月，别后隔云泥。
　　卌载风流远，依然入梦溪。

张伟超

甘　州

那些年、雕镂旧时光，尘事等闲沤。忆长裙飘雪，霓虹湿遍，幻影街头。指上青丝低绾，半掩少年羞。回首怯难了，欲语无由。　　抬眼繁星开谢，正苍苍岁月，白发如囚。叹几番萧瑟，依旧客行舟。想温柔、都埋清梦，梦醒时、雁叫一声秋。风过处、漫天银杏，空褶人愁。

2021年第11期

武立胜

别　友

渐远伊人不可追，南来北往两睽违。
海棠已共春消瘦，唯有相思一夜肥。

2021年第11期

潘 泓

老伴生日

天台出入路何迷,转瞬佳人变老妻。

胃口仍因新米阔,身高更比去年低。

雷霆耳背蚊难扰,风雨心安瓮尚提。

今日河东狮子事,数圈朋友斗灵犀。

2021年第11期